بيتر كارنافاس

آخر شجرة في المدينة

ترجمة نوران إبراهيم

 دار بلومزبري - مؤسسة قطر للنشر
BLOOMSBURY
QATAR FOUNDATION
PUBLISHING

 مؤسسة قطر
Qatar Foundation

إلى توماس وجوان ومايكل

ب. ك.

الطبعة العربية الأولى ٢٠١٢

دار بلومزبري – مؤسسة قطر للنشر

مؤسسة قطر، فيلا رقم ٣، المدينة التعليمية

صندوق بريد ٥٨٢٥

الدوحة، دولة قطر

www.bqfp.com.qa

Last Tree in the City

First published in Australia by New Frontier Publishing

Translation rights arranged through Australian Licensing Corporation

Text and illustrations copyright © 2010 Peter Carnavas

الترقيم الدولي: 9789992194027

كانَ «إدوارد» يَعيشُ في المَدينةِ.

كانَ مَكانًا كُلُّهُ مَبانٍ أَسْمَنْتِيَّةٌ وسَيَّارَاتٌ؛
عالَمًا بِلا أَلْوانٍ.

ولَكِنَّ «إدوارد» كانَ يَعرِفُ جُزْءًا مِنَ المَدينةِ لَمْ يَكُنْ مِثلَ بَقِيَّة المَدينةِ إِطْلاقًا.

في نِهايةِ شَارِعِهِ، مُحاطةً بِالمَبانِي القَدِيمةِ، كانَتْ آخِرُ شَجَرةٍ في المَدينةِ.

«إدوارد» كانَ يَنسَى المَبانِيَ الأَسْمَنْتِيَّةَ والسَّيَّاراتِ.

كانَ يَنسَى المَدينةَ كُلَّها.

لِلَحَظاتٍ قَليلةٍ كُلَّ يَومٍ، كانَتِ الشَّجَرةُ هِيَ كُلَّ عالَمِ «إدوارد».

ثُمَّ جاءَ اليَومُ...

الَّذي اخْتَفَتْ فِيهِ الشَّجَرَةُ.

مِنْ دُونِ الشَّجَرةِ، كانَتْ أَيَّامُ «إدوارد» مُمِلةً وطَويلةً.
لَمْ يَكُنْ لَدَيهِ أَيُّ مَكانٍ يَذهَبُ إِليهِ.

ولَكِنْ فِي يَومٍ مِنَ الأيَّامِ، بَدَأَ فِي قِيادةِ دَرَّاجَتِهِ.

في نِهايةِ شَارِعِهِ، مُحاطًا بِالمَباني القَديمةِ، أَسْعَدَهُ شَيءٌ ما.
كانَ أَمامَهُ فَرعٌ مِنَ الشَّجَرةِ، وكانَتْ أَوْراقُهُ مَا زالَتْ خَضْرَاء.

حاوَلَ «إدوارد» أَنْ يُفَكِّرَ في مَكانٍ في المَدينةِ يُمْكِنُهُ أَنْ يَزرَعَ فيهِ شَجَرَتَهُ.
وبِحُلولِ صَباحِ اليَومِ التَّالي، كانَ يَعلَمُ بِالضَّبطِ ما سَوفَ يَفعَلُهُ.

كانَ «إدوارد» يَعرِفُ جُزْءًا مِنَ المَدينةِ لَم يَكُنْ مِثلَ بَقيَّة المَدينةِ إِطْلاقًا.
وكانَ يَحمِلُهُ مَعَهُ إلى كُلِّ مَكانٍ.

ثُمَّ حَدَثَ شَيءٌ رائِعٌ...